1998—2006
"中华古诗文经典诵读工程"顾问
（以姓氏笔画为序）

王元化·汤一介·杨振宁·张岱年·季羡林

"中华古诗文经典诵读工程"指导委员会

名誉主任 ◎ 南怀瑾

主　　任 ◎ 徐永光

"中华古诗文经典诵读工程"全国组委会

主　　任 ◎ 陈越光

总 策 划 ◎ 陈越光

总 创 意 ◎ 戴士和

选　　编 ◎ 中国青少年发展基金会

注　　音
　　　　　　◎ 中国文化书院
注　　释

　　　　　　尹　洁（子集、丑集）　刘　一（寅集、卯集）

注释小组 ◎ 杨　阳（辰集、巳集）　丛艳姿（午集、未集）

　　　　　　黄漫远（申集、酉集）　方　芳（戌集、亥集）

注释统稿 ◎ 徐　梓

文稿审定 ◎ 陈越光

装帧设计 ◎ 陈卫和

十二生肖图绘制 ◎ 戴士和

诵　　读 ◎ 喻　梅　齐靖文

　　　　　　陈　光　李赠华　黄　丽　林　巧　王亚苹
审　　读 ◎
　　　　　　吕　飞　刘　月　帖慧祯　赵一普　白秋霞

中华古诗文读本

未集

中国青少年发展基金会　　编

中国文化书院　　注　释

陈越光　　总策划

中国大百科全书出版社

致读者

这是一套为"中华古诗文经典诵读工程"而编辑的图书，主要有以下几个特点：

1. 版本从众，尊重教材。教材已选篇目，除极个别注音、标点外，均以教材为准，且在标题处用★标示；教材未选篇目，选择通用版本。

2. 注音读本，规范实用。为便于读者准确诵读，按现代汉语规范对所选古诗文进行注音。其中，为了音韵和谐，个别词语按传统读法注音。

3. 简注详注，相得益彰。为便于读者集中注意力，沉浸式诵读，正文部分只对必要的字词进行简注。后附有针对各篇的详注，以便于读者进一步理解。每页上方标有篇码。正文篇码与解注篇码标识一致，互为阴阳设计，以便于读者逐篇查找相关内容。

4. 准确诵读，规范引领。特邀请中国传媒大学播音主持艺术学院的专家进行诵读。正确的朗读，有助于正确的理解。铿锵悦耳的古诗文音韵魅力，可以加深印象，帮助记忆，从而达到诵读的效果。

5. 科学护眼，方便阅读。按照国家2022年的新要求，通篇字体主要使用楷体、宋体，字号以四号为基本字号。同时，为求字距疏朗，选用大开本；为求色泽柔和，选用暖色调淡红色并采用双色印刷。

读千古美文　做少年君子

20多年前，一句"读千古美文，做少年君子"的行动口号，一个"直面经典，不求甚解，但求熟背，终身受益"的操作理念，一套"经典原文，历代名篇，拼音注音，版本从众"的系列读本，一批以"激活传统，继往开来，素质教育，人文为本"为己任的教师辅导员，一台"以朗诵为主，诵演唱并茂"的古诗文诵读汇报演出……活跃在百十个城市、千百个县乡、几万所学校、几百万少年儿童中间，带动了几千万家长，形成一个声势浩大的"中华古诗文经典诵读工程"。

今天，我们再版被誉称为"经典小红书"的《中华古诗文读本》，续航古诗文经典诵读工程。当年的少年君子已为人父母，新一代再起书声琅琅，而在这琅琅书声中成长起来的人们，在他们漫长的一生中，将无数次体会到历史化作诗文词句和情感旋律在心中复活……

从孔子到我们，2500年的时间之风吹皱了无数代中华儿女的脸颊。但无论遇到什么，哪怕是在历史的寒风中，只要我们静下心来，从利害得失的计较中，甚至从生死成败的挣扎中抬起头来，我们总会看到一抹阳光。阳光下，中华文化的山峰屹立，我们迎面精神的群山——先秦诸子，汉赋华章，魏晋风骨，唐诗宋词，理学元曲，明清小说……一座座青山相连！无论你身在何处，无论你所处的境遇如何，一个真正文化意义上的中国人，只要你立定脚跟，背后山头飞不去！

陈越光

2023 年 1 月 8 日

★陈越光：中国文化书院院长、西湖教育基金会理事长

激活传统　继往开来

　　21世纪来临了，谁也不可能在一张白纸上描绘新世纪。21世纪不仅是20世纪的承接，而且是以往全部历史的承接。江泽民主席在访美演讲中说："中国在自己发展的长河中，形成了优良的历史文化传统。这些传统，随着时代变迁和社会进步获得扬弃和发展，对今天中国的价值观念、生活方式和中国的发展道路，具有深刻的影响。"激活传统，继往开来，让21世纪的中国人真正站在五千年文化的历史巨人肩上，面向世界，开创未来。可以说，这是我们应该为新世纪做的最重要的工作之一。

　　为此，中国青少年发展基金会在成功地推展"希望工程"的基础上，又将推出一项"中华古诗文经典诵读工程"。该项活动以组织少年儿童诵读、熟背中国经典古诗文的方式，让他们在记忆力最好的时候，以最便捷的方式，获得古诗文经典的基本熏陶和修养。根据"直面经典、有取有舍、版本从众"的原则，经专家推荐，我们选编了300余篇经典古诗文，分12册出版。能熟背这些经典，可谓有了中国文化的基本修养。据我们在上千名小学生中试验，每天诵读20分钟，平均三五天即可背诵一篇古文。诵读数年，终身受益。

　　背诵是儿童的天性。孩子们脱口而出的各种广告语、影视台词等，都是所谓"无意识记忆"。有心理学家指出，人的记忆力在儿童时期发展极快，到13岁达到最高峰。此后，主要是理解力的增强。所以，在记忆力最好的时候，少记点广告词，多背点经典，不求甚解，但求熟背，是在做一种终生可以去消化、理解的文化准备。这很难是儿童自己的选择，主要是家长的选择。

有的大学毕业生不会写文章，这是许多教育工作者不满的现状。中国的语言文字之根在古诗文经典，这些千古美文就是最好的范文。学习古诗文经典的最好方法就是幼时熟背。现在的学生们往往在高中、大学时期为文言文伤脑筋，这时内有考试压力，外有挡不住的诱惑，可谓既有"丝竹之乱耳"，又有"案牍之劳形"，此时再来背古诗文难道不是事倍功半吗？这一点等到学生们认识到往往已经晚了，师长们的远见才能避免"亡羊补牢"。

读千古美文，做少年君子。随着"中华古诗文经典诵读工程"的逐年推广，一代新人的成长，将不仅仅受益于千古美文的文学滋养——"天下为公"的理念；"宁为玉碎，不为瓦全"的风骨；"先天下之忧而忧，后天下之乐而乐"的胸怀；"富贵不能淫，贫贱不能移，威武不能屈"的操守；"位卑未敢忘忧国"的精神；"无为而无不为"的智慧；"己所不欲，勿施于人""己欲立而立人，己欲达而达人"的道德原则……这一切，都将成为新一代中国人重建人生信念的精神源泉。

愿有共同热情的人们，和我们一起来开展这项活动。我们只需做一件事：每周教孩子背几首古诗或一篇五六百字的古文经典。

书声琅琅，开卷有益；文以载道，继往开来！

陈越光

1998 年 1 月 18 日

★陈越光时任中国青少年发展基金会社区文化委员会主任、中国文化书院副院长。

与先贤同行　做强国少年

中华优秀传统文化源远流长，博大精深，是中华民族的宝贵精神矿藏。在这悠久的历史长河中，先后涌现出无数的先贤，这些先贤创作了卷帙浩繁的国学经典。回望先贤，回望经典，他们如星月，璀璨夜空；似金石，掷地有声；若箴言，醍醐灌顶。

为弘扬中华民族优秀传统文化，让广大青少年汲取中华优秀传统文化的养分，中国青少年发展基金会遵循习近平总书记寄语希望工程重要精神，结合新时代新要求，在二十世纪九十年代开展"中华古诗文经典诵读活动"的基础上，创新形式传诵国学经典，努力为青少年成长发展提供新助力、播种新希望。

"天行健，君子以自强不息；地势坤，君子以厚德载物。"与先贤同行，做强国少年。我们相信，新时代青少年有中华优秀传统文化的滋养，不仅能提升国学素养，美化青少年心灵，也必然增强做中国人的志气、骨气、底气，努力成长为强国时代的栋梁之材。

郭美荐

2023 年 1 月 16 日

★郭美荐：中国青少年发展基金会党委书记、理事长

目录

目录

目录

目录

《论语》三章

一

子贡曰:"如有博施于民而能济众,何如?可谓仁乎?"子曰:"何事于仁,必也圣乎!尧舜其犹病①诸!夫仁者,己欲立而立人,己欲达而达人。能近取譬,可谓仁之方②也已。"

选自《雍也篇第六》

二

叶公问孔子于子路,子路不对③。

———————————————————

①病:担心,忧虑。 ②方:方法。 ③对:回答。

1

zǐ yuē　　　rǔ xī　bù yuē　　　qí wéi rén yě　　fā fèn wàng
子曰："女奚④不曰：'其为人也，发愤忘

shí　lè yǐ wàng yōu　　bù zhī lǎo zhī jiāng zhì yún ěr
食，乐以忘忧，不知老之将至云尔⑤。'"

xuǎn zì　　shù ér piān dì qī
选自《述而篇第七》

三

yán yuān kuì rán　tàn yuē　　yǎng zhī mí gāo　zuān
颜渊喟然⑥叹曰："仰之弥⑦高，钻

zhī mí jiān　zhān zhī zài qián　hū yān zài hòu　fū zǐ
之弥坚。瞻⑧之在前，忽焉⑨在后。夫子

xún xún rán shàn yòu rén　bó wǒ yǐ wén　yuē wǒ yǐ lǐ
循循然善诱人，博我以文，约我以礼，

yù bà bù néng　jì jié wú cái　rú yǒu suǒ lì zhuó ěr
欲罢不能。既竭⑩吾才，如有所立卓⑪尔。

suī yù cóng zhī　mò yóu yě yǐ
虽欲从之，末由⑫也已。"

xuǎn zì　　zǐ hǎn piān dì jiǔ
选自《子罕篇第九》

---

④奚：为何，怎么。　⑤云尔：如此罢了。　⑥喟然：叹息的样子。
⑦弥：更加，越来越。　⑧瞻：往前或往上看。　⑨忽焉：忽然。
⑩竭：尽，穷尽。　⑪卓：高超，卓越。　⑫由：做，实行。

《老子》二章

一

道常无名。朴虽小，天下莫能臣①。侯王②若能守之，万物将自宾③。天地相合，以降甘露，民莫之令而自均。始④制⑤有名，名亦既有，夫亦将知止⑥，知止可以不殆。譬⑦道之在天下，犹川谷之于江海。

选自《上篇道经三十二章》

---

①臣：统治，役使。　②侯王：指统治者。　③宾：服从，归顺。

④始：开始。　⑤制：作。　⑥止：停止。　⑦譬：比喻，比如。

二

tiān xià zhī zhì róu　　chí chěng tiān xià zhī zhì jiān
天 下 之 至 柔，驰 骋 天 下 之 至 坚。

wú yǒu rù wú jiàn　　wú shì yǐ　zhī wú wéi zhī yǒu yì　　bù
无 有 入 无 间，吾 是 以⑧ 知 无 为 之 有 益。不

yán zhī jiào　　wú wéi zhī yì　　tiān xià xī jí zhī
言 之 教，无 为 之 益，天 下 希 及 之。

xuǎn zì　　xià piān dé jīng sì shí sān zhāng
选自《下 篇 德 经 四 十 三 章》

---

⑧是以：因此，所以。

《孟子》二则

一 ★

无恻隐①之心，非人也；无羞②恶之心，非人也；无辞让之心，非人也；无是非之心，非人也。恻隐之心，仁之端③也；羞恶之心，义之端也；辞让之心，礼之端也；是非之心，智之端也。

选自《公孙丑章句上》

---

①恻隐：同情，怜悯。　②羞：以……为羞。　③端：开始，发端。

二

孟子谓万章曰："一乡之善士④，斯友⑤一乡之善士；一国之善士，斯友一国之善士；天下之善士，斯友天下之善士。以友天下之善士为未足⑥，又尚⑦论⑧古之人。颂⑨其诗，读其书，不知其人，可乎？是以⑩论其世也。是尚友也。"

选自《万章章句下》

---

④善士：具有美好品德的人。　⑤友：以……为友。　⑥足：足够，满足。　⑦尚：同"上"，表示时间在前的。　⑧论：议论，述说。　⑨颂：通"诵"，朗读。　⑩是以：因此，所以。

《庄子》一则

zhuāng zǐ　yì zé

天道运①而无所积②，故万物成；帝
tiān dào yùn ér wú suǒ jī　gù wàn wù chéng dì

道运而无所积，故天下归③；圣道运而
dào yùn ér wú suǒ jī　gù tiān xià guī　shèng dào yùn ér

无所积，故海内服④。明于天，通于圣，
wú suǒ jī　gù hǎi nèi fú　míng yú tiān tōng yú shèng

六通四辟于帝王之德者，其自为也，
liù tōng sì pì yú dì wáng zhī dé zhě　qí zì wéi yě

昧然无不静者矣。圣人之静也，非曰
mèi rán wú bú jìng zhě yǐ　shèng rén zhī jìng yě fēi yuē

静也善，故静也；万物无足以铙⑤心者，
jìng yě shàn　gù jìng yě　wàn wù wú zú yǐ náo xīn zhě

故静也。水静则明烛须眉，平中准，
gù jìng yě　shuǐ jìng zé míng zhú xū méi píng zhòng zhǔn

大匠取法焉。水静犹明，而况精神！
dà jiàng qǔ fǎ yān　shuǐ jìng yóu míng ér kuàng jīng shén

圣人之心静乎！天地之鉴⑥也，万物之
shèng rén zhī xīn jìng hū　tiān dì zhī jiàn yě wàn wù zhī

---

①运：运行，运转。　②积：滞积，堵塞。　③归：归向，归附。
④服：服从，顺从。　⑤铙：通"挠"，扰乱。　⑥鉴：铜镜。

镜也。夫虚静恬淡寂漠⑦无为者，天地之平而道德之至⑧，故帝王圣人休⑨焉。休则虚，虚则实，实则伦矣。虚则静，静则动，动则得矣。静则无为，无为也则任事者责⑩矣。无为则俞俞⑪，俞俞者忧患不能处，年寿长矣。夫虚静恬淡寂漠无为者，万物之本也。明此以南乡⑫，尧之为君也；明此以北面，舜之为臣也。以此处上，帝王天子之德也；以此处下，玄圣素王之道也。以此退居⑬而闲游江海，山林之士服；以此进为

---

⑦漠：寂静无声。　⑧至：同"质"，本质，实质。　⑨休：休虑息心的状态。　⑩责：担责。　⑪俞俞：表示从容自得的样子。"俞"同"愉"。　⑫乡：同"向"。　⑬退居：隐居。

4

而抚世^⑭，则功大名显^⑮而天下一^⑯也。静而

圣，动而王，无为也而尊，朴素而天

下莫能与之争美。夫明白于天地之德

者，此之谓大本大宗，与天和者也；所

以均调天下，与人和^⑰者也。与人和者，

谓之人乐；与天和者，谓之天乐。

选自《天道篇第十三》

---

⑭抚世：治理天下。⑮显：显扬。⑯一：归一，统一。⑰和：和谐，
和顺。

《荀子》一则

心也者，道之工宰①也。道也者，治②之经理③也。心合于道，说合于心，辞合于说，正名而期，质请而喻。辨异而不过，推类而不悖；听则合文，辨则尽故。以正道④而辨奸，犹引绳以持曲直，是故邪说不能乱，百家无所窜。有兼听之明，而无奋矜⑤之容；有兼覆⑥之厚，而无伐德⑦之色。说行⑧则天下正，说不行则白道⑨而冥穷⑩，是圣人

---

①工宰：主宰。　②治：治国。　③经理：常理。　④正道：正名之道。　⑤奋矜：骄傲自大。　⑥兼覆：比喻恩泽广覆，无所遗漏。　⑦伐德：夸耀自己的德行。　⑧行：畅行。　⑨白道：阐明道理。　⑩冥穷：退隐。

之辨说也。《诗》曰："颙颙卬卬，如珪如璋，令闻令望，岂弟⑪君子，四方为纲。"此之谓也。

辞让之节⑫得矣，长少之理顺矣；忌讳不称，祅辞不出。以仁心说，以学心听，以公心辨。不动⑬乎众人之非誉⑭，不治观者之耳目，不赂贵者之权埶⑮，不利传辟者之辞。故能处道而不贰⑯，吐而不夺，利而不流，贵公正而贱鄙争⑰，是士君子⑱之辨说也。

选自《正名篇》

⑪岂弟：通"恺悌"。恺，和乐、和善。悌，敬重兄长。　⑫节：礼节。⑬不动：不为所动。　⑭非誉：非议和称誉。　⑮权埶：即权势。　⑯不贰：一心一意。　⑰鄙争：用不正当的手法争夺。　⑱士君子：指有学问而品德高尚的人。

6

《左传》一则

郑人游于乡校，以论执政。然明谓子产曰："毁乡校，何如？"子产曰："何为①？夫人朝夕退而游焉，以议执政之善否②。其所善者，吾则行之；其所恶者，吾则改之。是吾师也，若之何毁之？我闻忠善③以损怨④，不闻作威以防怨。岂不遽止？然犹防川，大决所犯，伤人必多，吾不克救也；不如小决使道⑤，不如吾闻而药之也。"然明曰："蔑

①何为：何故。　②善否：善恶，好坏。　③忠善：做忠善的事。

④损怨：减少怨恨。　⑤道：通"导"，疏通。

也今而后知吾子之信⑥可事⑦也。小人⑧实不才。若果行此，其⑨郑国实赖之，岂唯二三臣？"仲尼闻是语也，曰："以是观之，人谓子产不仁，吾不信也。"

选自《襄公三十一年》

---

⑥信：的确。 ⑦可事：可以成就大事。 ⑧小人：然明的自谦之称。 ⑨其：语气词，表示推测。

《吕氏春秋》·一则

昔先圣王①之治天下也，必先公②，公则天下平③矣。平得于公。尝④试观于上志⑤，有得天下者众矣。其得之以公，其失之必以偏。凡主⑥之立⑦也，生于公。故《鸿范》曰："无偏无党，王道荡荡；无偏无颇，遵王之义。无或作好，遵王之道；无或作恶，遵王之路。"

天下非一人之天下也，天下之天下

---

①圣王：德才超群达于至境的帝王。②公：公平，公正。③平：平安，太平。④尝：曾经。⑤上志：古代的典籍。⑥主：君主。⑦立：登位，即位。

也。阴阳之和⑧，不长一类；甘露时雨，不私一物；万民之主，不阿⑨一人。伯禽将行，请所以治鲁，周公曰："利而勿利也。"荆人⑩有遗弓者，而不肯索，曰："荆人遗之，荆人得之，又何索焉？"孔子闻之曰："去其'荆'而可矣。"老聃闻之曰："去其'人'而可矣。"故老聃则至公⑪也。天下大矣，生而弗子⑫，成而弗有，万物皆被其泽、得其利，而莫知其所由始。此三皇、五帝之德也。

选自《贵公篇》

---

⑧和：汇合，结合。 ⑨阿：徇私，偏袒。 ⑩荆人：楚人。 ⑪至公：最公正。 ⑫子：以（天下人）为子。

8

《礼记》一则

仲尼祖述尧舜，宪章文武，上律天时，下袭水土。辟如天地之无不持载①，无不覆帱②。辟如四时之错行，如日月之代明③，万物并育而不相害，道并行而不相悖。小德川流，大德敦化，此天地之所以为大也。

唯天下至圣，为能聪明睿知，足以有临也。宽裕温柔，足以有容也。发强刚毅，足以有执也。齐庄④中正⑤，

①持载：承载。 ②覆帱：覆盖。 ③代明：交错发光。 ④齐庄：恭敬庄重。齐，通"斋"。 ⑤中正：不偏不倚。

8

足以有敬也。文理密察，足以有别也。

溥博⑥渊泉⑦，而时出之。溥博如天，渊

泉如渊。见⑧而民莫不敬，言而民莫不

信，行而民莫不说⑨，是以声名洋溢⑩乎

中国，施及蛮貊，舟车所至，人力所

通，天之所覆，地之所载，日月所照，

霜露所队⑪，凡有血气者，莫不尊亲，

故曰配天。

选自《中庸》

---

⑥溥博：广远，广大。 ⑦渊泉：深泉，这里比喻思虑深远。 ⑧见：同
"现"。 ⑨说：同"悦"。 ⑩洋溢：广泛传播。 ⑪队：通"坠"。

出师表 ★

诸葛亮

先帝创业未半而中道崩殂①，今天下三分，益州疲弊②，此诚③危急存亡之秋④也。然侍卫之臣不懈于内⑤，忠志之士忘身于外⑥者，盖追先帝之殊遇，欲报之于陛下也。诚宜开张圣听，以光先帝遗德，恢弘志士之气，不宜妄自菲薄，引喻失义，以塞忠谏之路也。

宫中府中，俱为一体，陟罚臧否，不宜异同。若有作奸犯科及为忠

①崩殂：指帝王之死。　②疲弊：困苦穷乏，民生凋敝。　③诚：真正，确实。　④秋：时候。　⑤内：朝廷。　⑥外：疆场。

善者，宜付有司论其刑赏，以昭⑦陛下平明⑧之理，不宜偏私，使内外异法也。

侍中、侍郎郭攸之、费祎、董允等，此皆良实⑨，志虑忠纯⑩，是以先帝简拔⑪以遗陛下。愚以为宫中之事，事无大小，悉⑫以咨之，然后施行，必能裨补⑬阙漏，有所广益⑭。

将军向宠，性行淑均，晓畅军事，试用于昔日，先帝称之曰能，是以众议举宠为督。愚以为营中之事，悉

⑦昭：显扬，显示。⑧平明：公平，严明。⑨良实：忠良信实的人。⑩志虑：志向和思虑。忠纯：忠诚纯良。⑪简拔：选拔。⑫悉：尽，全。 ⑬裨补：增加补益。 ⑭广益：增添益处。

以咨之，必能使行阵[15]和睦，优劣得所。

亲贤臣，远小人，此先汉所以兴隆也；亲小人，远贤臣，此后汉所以倾颓也。先帝在时，每与臣论此事，未尝不叹息痛恨于桓、灵也。侍中、尚书、长史、参军，此悉贞良死节之臣，愿陛下亲之信之，则汉室之隆，可计日而待也。

臣本布衣，躬[16]耕于南阳，苟全性命于乱世，不求闻达于诸侯。先帝不以臣卑鄙[17]，猥[18]自枉屈[19]，三顾[20]臣于草

---

⑮行阵：军队。　⑯躬：亲自。　⑰卑鄙：身份低微，见识浅陋。
⑱猥：辱。　⑲枉屈：屈尊就卑。　⑳顾：探望，访问。

庐之中，咨臣以当世之事，由是感激，
遂许先帝以驱驰^㉑。后值倾覆，受任于
败军之际，奉命于危难之间，尔来二十
有一年矣。

　　先帝知臣谨慎，故临崩寄臣以大
事也。受命以来，夙夜忧叹，恐托付
不效，以伤先帝之明，故五月渡泸，
深入不毛。今南方已定，兵甲已足，
当奖^㉒率三军，北定中原，庶^㉓竭驽钝，
攘除^㉔奸凶，兴复汉室，还于旧都。此
臣所以报先帝而忠陛下之职分也。至

㉑驱驰：奔走效力。㉒奖：鼓励。㉓庶：希望，但愿。㉔攘除：驱除，
铲除。

于斟酌损益㉕，进尽忠言，则攸之、

袆、允之任也。

愿陛下托臣以讨贼兴复之效；不

效，则治臣之罪，以告先帝之灵。若无

兴德㉖之言，则责攸之、袆、允等之慢，

以彰㉗其咎。陛下亦宜自谋，以咨诹善

道，察纳雅言，深追先帝遗诏。臣不

胜受恩感激。今当远离，临表涕零，

不知所言。

㉕斟酌损益：斟酌得失利弊。 ㉖兴德：发扬圣德。 ㉗彰：揭示，
昭示。

西铭

张载

乾称父，坤称母；予兹①藐②焉，乃混然中处。故天地之塞，吾其体；天地之帅，吾其性。民，吾同胞；物，吾与③也。大君者，吾父母宗子；其大臣，宗子之家相也。尊高年④，所以长其长；慈孤弱，所以幼吾幼。圣其合德⑤，贤其秀⑥也。凡天下疲癃残疾、茕独鳏寡，皆吾兄弟之颠连而无告者也。于时保之，子之翼也；乐且不忧，纯乎

---

①兹：连词，则。 ②藐：弱小，幼小。 ③与：同伴。 ④高年：老年人。 ⑤合德：同心同德。 ⑥秀：天地灵秀。

xiào zhě yě　wéi yuē bèi dé　hài rén yuē zéi　jì è zhě bù
孝者也。违曰悖德，害仁曰贼。济恶⑦者不

cái　qí jiàn xíng　wéi xiào zhě yě　zhī huà　zé shàn shù
才，其践形，惟肖⑧者也。知化⑨则善述

qí shì　qióng shén　zé shàn jì qí zhì　bú kuì wū lòu wéi
其事，穷神⑩则善继其志。不愧屋漏为

wú tiǎn　cún xīn yǎng xìng wéi fěi xiè　wù zhǐ jiǔ　chóng
无忝，存心养性为匪懈。恶旨酒⑪，崇

bó zǐ zhī gù yǎng　yù yīng cái　yǐng fēng rén zhī xī lèi
伯子之顾养；育英才，颍封人之锡类。

bù chí láo ér zhǐ yù　shùn qí gōng yě　wú suǒ táo ér
不弛劳而厎豫⑫，舜其功也；无所逃而

dài pēng　shēn shēng qí gōng yě　tǐ qí shòu ér guī quán
待烹，申生其恭也。体其受而归全⑬

zhě　shēn hū　yǒng yú cóng ér shùn lìng zhě　bó qí yě
者，参乎！勇于从而顺令者，伯奇也。

fù guì fú zé　jiāng hòu wú zhī shēng yě　pín jiàn yōu qī
富贵福泽，将厚吾之生也；贫贱忧戚⑭，

yōng yù rǔ yú chéng yě　cún　wú shùn shì　mò　wú
庸⑮玉女于成也。存，吾顺事；没⑯，吾

níng yě
宁也。

---

⑦济恶:相助作恶。　⑧肖:相似,类似。　⑨知化:通晓事物变化之理。　⑩穷神:穷究事物之神妙。　⑪旨酒:美酒。　⑫厎豫:得到欢乐。　⑬归全:善终。　⑭忧戚:忧愁,烦恼。　⑮庸:以,而。
⑯没:寿终,去世。

明道先生墓表

程颐

先生名颢，字伯淳，葬于伊川。

潞国太师题其墓曰"明道先生"。弟颐

序①其所以②而刻之石曰：周公没③，圣人

之道不行；孟轲死，圣人之学不传。

道不行，百世无善治④；学不传，千载

无真儒⑤。无善治，士犹得以明夫善

治之道，以淑⑥诸人，以传诸后；无

真儒，天下贸贸⑦焉莫知所之，人欲

---

①序：叙述。　②所以：原因，情由。　③没：寿终，去世。　④善治：善政。　⑤真儒：大儒。　⑥淑：改善，修善。　⑦贸贸：轻率冒失。

肆^⑧而天理灭矣。先生生千四百年之后，得不传之学于遗经，志^⑨将以斯^⑩道觉^⑪斯民。天不慭遗，哲人早世。乡人士大夫相与^⑫议曰：道之不明也久矣。先生出，倡圣学以示人，辨异端，辟^⑬邪说，开历古之沉迷，圣人之道得先生而后明，为功大矣。于是帝师采众议而为之称以表其墓。学者之于道：知所向^⑭，然后见斯人之为功；知所至^⑮，然后见斯名之称情。山可夷^⑯，谷可湮^⑰，明道之名亘^⑱万世而

---

⑧肆：不受拘束，纵恣。⑨志：有志于。⑩斯：代词，此。⑪觉：启发，使人觉悟。　⑫相与：互相。　⑬辟：驳斥，批驳。　⑭向：方向。

⑮至：终点。　⑯夷：铲平，削平。　⑰湮：填塞，堵塞。　⑱亘：绵延。

长存。勒石墓旁，以诏后人。元丰乙

丑十月戊子书。

《大学问》一则

王阳明

阳明子曰:"大人者,以天地万物为一体者也,其视天下犹一家,中国犹一人焉。若夫间形骸①而分尔我者,小人矣。大人之能以天地万物为一体也,非意之也,其心之仁本若是,其与天地万物而为一也。岂惟②大人,虽小人之心亦莫不然,彼顾③自小之耳。是故见孺子之入井,而必有怵惕④恻隐⑤之心焉,是其仁之与孺子而为一体也。孺子犹同类

①形骸:人的躯体。 ②岂惟:何止。 ③顾:看,视。 ④怵惕:戒惧,惊惧。 ⑤恻隐:同情,怜悯。

者也，见鸟兽之哀鸣觳觫⑥，而必有不忍之心焉，是其仁之与鸟兽而为一体也。鸟兽犹有知觉者也，见草木之摧折而必有悯恤之心焉，是其仁之与草木而为一体也。草木犹有生意⑦者也，见瓦石之毁坏而必有顾惜之心焉，是其仁之与瓦石而为一体也。是其一体之仁也，虽小人之心亦必有之。是乃根于天命之性，而自然灵昭⑧不昧者也，是故谓之'明德'。小人之心既已分隔隘陋⑨矣，而其一体之仁犹能不昧⑩若此者，

---

⑥觳觫:恐惧战栗的样子。　⑦生意:生机,生命力。　⑧灵昭:明白,清楚。　⑨隘陋:狭隘鄙陋。　⑩昧:蒙蔽,遮盖。

是其未动于欲，而未蔽于私之时也。及其动于欲，蔽于私，而利害相攻，忿怒⑪相激，则将戕⑫物圯⑬类，无所不为，其甚至有骨肉相残者，而一体之仁亡矣。是故苟无私欲之蔽，则虽小人之心，而其一体之仁犹大人也；一有私欲之蔽，则虽大人之心，而其分隔隘陋犹小人矣。故夫为大人之学者，亦惟去其私欲之蔽，以自明其明德，复其天地万物一体之本然而已耳，非能于本体之外而有所增益⑭之也。"

---

⑪忿怒：愤怒。　⑫戕：杀害，残害。　⑬圯：毁坏，坍塌。　⑭增益：增加，增添。

《诗经》一首

伐檀

坎坎①伐檀②兮，置③之河之干④兮，河水清且涟猗⑤。不稼⑥不穑⑦，胡⑧取禾三百廛兮？不狩⑩不猎⑪，胡瞻⑫尔庭⑬有悬貆⑭兮？彼君子兮，不素餐兮！

坎坎伐辐兮，置之河之侧兮，河水清且直猗。不稼不穑，胡取禾三百亿兮？不狩不猎，胡瞻尔庭有悬特⑮兮？

---

①坎坎：拟声词，伐木的声音。②檀：檀木。③置：放置。④干："岸"的假借字。⑤猗：同"兮"，相当于"啊"。⑥稼：耕种。⑦穑：收获。⑧胡：为何。⑨禾：粟，谷类作物。⑩狩：冬天打猎。⑪猎：晚上打猎。⑫瞻：看见。⑬庭：院子。⑭貆：同"貛"。⑮特：大的公兽。

13

彼君子兮，不素食兮！

坎坎伐轮兮，置之河之漘⑯兮，河

水清且沦猗。不稼不穑，胡取禾三百

囷⑰兮？不狩不猎，胡瞻尔庭有悬鹑

兮？彼君子兮，不素飧⑱兮！

选自《国风·魏风》

---

⑯漘：水涯。　⑰囷：圆形的粮仓。　⑱飧：晚餐。这里与餐、食
同义。

hàn gǔ shī yì shǒu
汉古诗一首 ★

tiáo tiáo qiān niú xīng　　jiǎo jiǎo hé hàn nǚ
迢迢①牵牛星，皎皎②河汉女。

xiān xiān zhuó sù shǒu　　zhá zhá nòng jī zhù
纤纤③擢④素手⑤，札札⑥弄机杼。

zhōng rì bù chéng zhāng　　qì tì líng rú yǔ
终日不成章，泣涕零如雨。

hé hàn qīng qiě qiǎn　　xiāng qù fù jǐ xǔ
河汉清且浅，相去复几许⑦。

yíng yíng yì shuǐ jiān　　mò mò bù dé yǔ
盈盈⑧一水间，脉脉⑨不得语。

①迢迢：遥远的样子。　②皎皎：明亮的样子。　③纤纤：形容女子的手纤细柔软。　④擢：指从袖子中伸出来。　⑤素手：洁白的手。⑥札札：象声词，织布机织布时发出的声音。　⑦几许：多少，这里指多远。　⑧盈盈：清澈晶莹的样子。　⑨脉脉：凝视的样子。

野田黄雀行

曹　植

高树多悲风①，海水扬其波。

利剑不在掌，结②友何须多。

不见篱间雀，见鹞③自投罗。

罗家④得雀喜，少年见雀悲。

拔剑捎⑤罗网，黄雀得飞飞。

飞飞摩⑥苍天，来下谢少年。

---

①悲风:凄厉的寒风。　②结:结交。　③鹞:雀鹰,鹞鹰。　④罗家:布设罗网的人。　⑤捎:削破。　⑥摩:迫近,接近。

黄鹤楼送孟浩然之广陵 ★

李 白

故人西辞黄鹤楼，

烟花①三月下扬州。

孤帆远影碧空尽，

唯见长江天际流。

---

①烟花：绮丽的春景。

17

chú zhōu xī jiàn
滁州西涧 ★

wéi yīng wù
韦应物

dú lián yōu cǎo jiàn biān shēng
独怜幽草涧①边生，

shàng yǒu huáng lí shēn shù míng
上有黄鹂深②树鸣。

chūn cháo dài yǔ wǎn lái jí
春潮带雨晚来急，

yě dù wú rén zhōu zì héng
野渡③无人舟自横。

---

①涧：两山之间的水沟。 ②深：茂盛。 ③野渡：荒落之处的渡口。

钱塘湖春行★

白居易

孤山寺北贾亭西，

水面初平云脚①低。

几处早莺争暖树，

谁家新燕②啄春泥。

乱花渐欲迷人眼，

浅草才能没③马蹄。

最爱湖东行不足④，

绿杨阴里白沙堤。

---

①云脚：雨前或雨后低垂的云。　②新燕：春时初来的燕子。
③没：漫过，掩盖。　④不足：不够。

19

jīn tóng xiān rén cí hàn gē
金铜仙人辞汉歌

lǐ　hè
李　贺

mào líng liú láng qiū fēng kè
茂陵刘郎秋风客，

yè wén mǎ sī xiǎo wú jì
夜闻马嘶晓无迹。

huà lán guì shù xuán qiū xiāng
画栏桂树悬秋香，

sān shí liù gōng tǔ huā bì
三十六宫土花碧。

wèi guān qiān chē zhǐ qiān lǐ
魏官牵车指千里，

dōng guān suān fēng shè móu zi
东关酸风①射眸子。

kōng jiāng hàn yuè chū gōng mén
空将汉月出宫门，

yì jūn qīng lèi rú qiān shuǐ
忆君清泪如铅水②。

shuāi lán sòng kè xián yáng dào
衰兰送客咸阳道，

---

①酸风：秋冬的悲风。　②铅水：比喻晶莹的眼泪。

38

tiān ruò yǒu qíng tiān yì lǎo
天若有情天亦老。

xié pán dú chū yuè huāng liáng
携盘独出月荒凉，

wèi chéng yǐ yuǎn bō shēng xiǎo
渭城③已远波声小。

_____

③渭城：即咸阳。

20

水调歌头 ★

苏轼

明月几时有？把①酒问青天。不知天上宫阙，今夕是何年。我欲乘风归去，又恐琼楼玉宇，高处不胜②寒。起舞弄③清影，何似在人间。

转朱阁，低绮户，照无眠。不应有恨，何事④长向别时圆？人有悲欢离合，月有阴晴圆缺，此事古难全。但愿人长久，千里共婵娟⑤。

①把：拿，持。　②不胜：无法承担，承受不了。　③弄：玩赏。
④何事：为何，何故。　⑤婵娟：原指美人，此处代指明月。

兰陵王
lán líng wáng

周邦彦
zhōu bāng yàn

柳阴直。烟里丝丝弄碧。隋堤上、曾见几番，拂水飘绵①送行色。登临望故国②，谁识，京华倦客。长亭路，年去岁来，应折柔条过千尺。

闲寻旧踪迹，又酒趁哀弦，灯照离席。梨花榆火催寒食。愁一箭风快，半篙波暖，回头迢递便数驿，望人在天北。

凄恻③，恨堆积。渐别浦萦回，津

①绵：指柳絮。 ②故国：此处指故乡。 ③凄恻：因情景凄凉而感触悲伤。

埃岑寂。斜阳冉冉④春无极⑤。念月榭⑥携手，露桥闻笛。沈思⑦前事，似梦里，泪暗滴。

---

④冉冉：形容时光渐渐流失。　⑤无极：指春色无边。　⑥月榭：赏月的台榭。　⑦沈思：沉思。沈，同"沉"。

念奴娇·过洞庭 ★

张孝祥

洞庭青草，近中秋，更无一点风色。玉鉴①琼田②三万顷，着我扁舟一叶。素月③分辉，明河④共影，表里俱澄澈。悠然心会，妙处难与君说。

应念岭海经年，孤光自照，肝肺皆冰雪。短发萧骚⑤襟袖冷⑥，稳泛⑦沧浪⑧空阔。尽挹西江，细斟北斗，万象为宾客。扣舷独啸，不知今夕何夕！

---

①玉鉴：镜子的美称。 ②琼田：美玉般的田野。 ③素月：皓月，明月。 ④明河：银河。 ⑤萧骚：稀疏。 ⑥襟袖冷：指衣衫单薄。 ⑦泛：泛舟。 ⑧沧浪：青苍色的水。一作"沧溟"。

水调歌头·与李长源游龙门

元好问

滩声荡高壁，秋气静云林。回头洛阳城阙①，尘土一何②深。前日③神光④牛背，今日春风马耳，因见古人心。一笑青山底，未受二毛⑤侵。

问龙门，何所似，似山阴。平生梦想佳处，留眼⑥更登临⑦。我有一卮⑧芳酒，唤取山花山鸟，伴我醉时吟。何必丝与竹，山水有清音。

---

①城阙：城门两边的望楼，代指城楼。 ②一何：多么。 ③前日：以前。 ④神光：目光。 ⑤二毛：斑白的头发。 ⑥留眼：留待以后再看。 ⑦登临：游览。 ⑧卮：古代的一种酒器。

无俗念·灵虚宫梨花词

丘处机

春游浩荡①，是年年、寒食梨花时节。白锦无纹香烂漫，玉树琼葩堆雪。静夜沈沈，浮光霭霭，冷浸溶溶月。人间天上，烂银②霞照通彻。

浑似姑射真人，天姿灵秀，意气舒高洁。万化③参差谁信道，不与群芳同列④。浩气清英⑤，仙才⑥卓荦⑦，下土难分别。瑶台归去，洞天方看清绝。

---

①浩荡:广大旷远。　②烂银:灿烂如银光。　③万化:万事万物,大自然。　④同列:同等地位。　⑤清英:清洁明净。　⑥仙才:道教称成仙者的资质。　⑦卓荦:超绝出众。

1

《论语》三章

题　解

　　《论语》是儒家经典，记载了孔子及其弟子的言行，由孔子弟子及再传弟子撰录成书。全书自《学而》至《尧曰》共二十篇，篇名多撷取自开篇之句，并无特殊含义。古往今来,《论语》一书深受士人推崇，人们多将其作为修身立德的范本，甚至将其理论用于治国。北宋开国功臣赵普就曾对宋太宗说："臣有《论语》一部，以半部佐太祖定天下，以半部佐陛下致太平。"如何解读，见仁见智。

　　本册所选的三章，前一章反映了孔子对仁道的看法，后二章是孔子的自评及颜渊对孔子的评价。

作　者

　　孔子，名丘，字仲尼，生于春秋末期鲁国陬邑（今山东曲阜）。他少时家贫但立志于学，曾做过管理仓库和畜牧的小官，而后官至司空（掌管土木工程）、大司寇（掌管司法、刑狱）。在此期间，他开办私学，有教无类，广收门徒。后因与执政者政见不一而离开鲁国，带领弟子周游列国十四年，推行自己的仁政理念，讲诵弦歌不辍。及至晚年，他回到鲁国，专心于教育，并整理、编订了《诗》《书》《礼》《乐》《易》《春秋》，成为中华民族的元典。后世儒者用"天不生仲尼，万古如长夜"来表达对他的敬仰与崇敬。

注　释

博施于民而能济众：广施恩惠于民，帮助民众生活得好。

何事于仁，必也圣乎：何止是仁道，那一定是圣德了！

尧舜其犹病诸：连尧、舜恐怕都难以做到呢。

己欲立而立人，己欲达而达人：自己想要立得住，也要让别人立得住；自己想要行得通，也要让别人行得通。

能近取譬：能设身处地，推己及人。譬，是比喻、比方的意思。

叶公问孔子于子路：叶公向子路问孔子（的为人怎么样）。叶公，"叶"是地名，今河南叶县南三十里之古叶城；叶公是当时叶地的地方长官，姓沈，名诸梁，字子高。

颜渊：颜回，字子渊，鲁国人，是孔子最得意的学生。

既竭吾才，如有所立卓尔：我竭尽了自己的全力，大道似乎又卓然在前。

未由也已：完全没有办法做到。

《老子》二章

题 解

《老子》，又称《道德经》，是道家哲学思想的重要来源。全书分为《道经》三十七章，《德经》四十四章，共五千余字。全书以哲学意义上的"道德"为纲，论述修身、治国、用兵、养生之道，文意深奥。

本册所选二章，前一章体现了老子不以物累、抱朴守拙的处世思想，后一章体现了老子柔弱胜刚强、无为胜有为的思想。

作 者

老子，姓李，名耳，字聃，大致与孔子同时，楚国苦县（今河南鹿邑东）人。苦县原为陈国所属，后被楚灭，老子为亡国遗民，所以不仕于楚，而在周朝做掌管藏书的史官。相传老子见周室衰微，决意离开，行至函谷关时，关令尹喜对老子说："子将隐矣，强为我著书。"于是，老子在留下了洋洋洒洒的五千言后扬长而去，不知其所终。

注　释

道常无名：没有办法为无形无迹的道命名。道，老子提出的概念，可以理解为"万物之源"。

朴：本义是指未经加工的木材，这里指本真的状态。

民莫之令而自均：老百姓没有谁给他下命令，自然就会均平。

始制有名：有了体制，于是就有了名称。

知止可以不殆：因为有了名，失去了"朴"的状态，所以会陷入形器、名分之争，所以要"知止"，如此才能免于危险。

天下之至柔，驰骋天下之至坚：天下最柔弱的东西，却能在最坚硬的东西之中驰骋。正如王弼所说："气无所不入，水无所不经。"

无有入无间：看不见的力量，能透过没有空隙的东西。此处"无有"也可以指"无为之道"。

《孟子》二则

题　解

　　《孟子》是一部发扬孔子学说的儒家经典，共七篇，每篇又分上下两篇，总计十四篇。它的体例与《论语》的问答体类似，篇名也是从首句文字中撷取的，并无实际含义。

　　关于《孟子》一书的作者，历来有不同的争论，一种认为是孟子与弟子合著的，另一种则认为是由弟子或再传弟子编撰的。不过，《孟子》一书在思想上的精深和超拔却是历代学者的共识，这些文章气势磅礴、力量充沛、义理广大精微、雄辩且富有趣味，是每一位喜爱中华文化者不可不读之书。

　　本册所选二则，其一体现了孟子"性善论"的观点，其二是"性善论"观点的延伸，认为处世和交友都应以"善"为要。

作　者

　　孟子，名轲，字子舆，战国邹（今山东邹城）人。幼受母教，后受业于孔子之孙孔伋即子思的门人。学成后，游历齐、宋、滕、魏、鲁等国，但因其提倡性善、推行仁政、主张贵民轻君，这当然不能见容于兼并战争惨烈的战国时代，所以始终未受到重用。蔡元培先生曾这样评价孟子："孔子没百余年，周室愈衰，诸侯互相并吞，尚权谋，儒术尽失其传。是时崛起邹鲁，排众论而延周孔之绪者，为孟子。"所以，孟子也被称为"亚圣"。

注　释

万章：孟子的弟子。

一乡之善士，斯友一乡之善士：一乡之中品德高尚的人便和一乡之中品德高尚的人交朋友。

颂其诗，读其书，不知其人，可乎？是以论其世也：这是说，与古人交友，但不知古人是否"善"，所以通过"颂其诗""读其书""论其世"来了解他们。

《庄子》一则

题　解

　　《庄子》，又称《南华真经》，与《老子》并为道家经典。共三十三篇，分为《内篇》七、《外篇》十五、《杂篇》十一。通常认为《内篇》为庄子所作，最能代表庄子的思想，其他各篇疑为庄子门人或后学伪作，所以也就不难理解《内篇》与其他诸篇在思想和风格上不相一致，甚至有针锋相对之处。但总的来说，《庄子》一书，文辞美富，譬喻精妙，鲁迅先生曾赞誉说："其文则汪洋辟阖，仪态万方，晚周诸子之作，莫能先也。"

　　本册所选内容取自《外篇·天道》，论述了"天道"与"人道"的关系。

作　者

　　庄子，名周，战国时期宋国蒙人，一种认为他略早于孟子，一种认为他与孟子为同时代人，但由于《庄子》一书中多品评同时代之人而独不见孟子，所以前一种说法较为可信。关于庄子生平，我们知道的不多，只知他曾做过蒙地的漆园吏，与惠施交好，曾隐居南华山。庄子身无长物，一生贫穷，楚威王尚其贤，重金聘请并许以为相，他却辞让不受，以快己志。庄子继承和发展了老子的思想，留下《庄子》一书，供后世崇尚自由之精神的读书人追慕遥望。

注　释

六通四辟："六通"，一说为"东南西北上下"，一说为"阴阳风雨晦明"；"四辟"一说为"春夏秋冬"，一说为"东南西北"。二者连用表示"全面通晓"之意。帝王之德，即帝道。

其自为也，昧然无不静者矣：任由（万物）自生、自动，（天、帝、圣却是）昧然安静的。昧然，懵懂、不知不觉的样子。

水静则明烛须眉，平中准，大匠取法焉：澄静的水，其明可作铜镜照须眉，其平可作矩尺定曲直，巧匠亦需以水取平。烛，照耀；中，符合；准，测定水平面的器具。

休则虚，虚则实，实则伦矣：休虑息心便能虚空合德，虚空合德便能体会真实之道，得真实之道就能明自然之理。伦，道理。

忧患不能处：不会处在忧患中。

明此以南乡，尧之为君也；明此以北面，舜之为臣也：明白这个道理，就能做尧一样的明君、舜一样的能臣。古代君王面向南方，臣子与君王相对，面向北方。

　　玄圣：有治天下之道而无其位的人；**素王**：有帝王之德而未居王位的人。

　　无为也而尊：清静无为自然为万物所尊。

　　大本大宗："大宗"与"大本"同义，都指事物的根本。

　　均调：使天下平顺。均，平；调，顺。

《荀子》一则

题　解

　　《荀子》为儒家经典，起自《劝学》，讫于《尧问》，共三十二篇，绝大部分出于荀子之手。有别于《论语》《孟子》的语录体形式，《荀子》一书多是用逻辑缜密的论文体写成的。在思想上，荀子虽与孟子同宗孔子，但由于师承不同，所以主张有很大的差异。孟子出于子思一门，而荀子出于子夏一支，孟子主张性善，称道尧舜，而荀子主张性恶，主法后王，可以说，一树两花，各不相下。《荀子》一书中，还大胆提出了"制天用天"的主张，这些都是其他诸子所不及的，不可不观。

　　本则取自《荀子》第二十二篇，该篇阐释了"名"与"实"的关系及"正名"意义的重要。

作　者

　　荀子，名况，时人尊称为"卿"，又称荀卿，汉朝时为避汉宣帝刘询名讳，称孙卿，赵国人，先后游历于齐、秦、楚诸国。齐襄王时，荀子在齐国稷下学宫讲学，三为祭酒。《史记》称"齐襄王时，而荀卿最为老师"，可见他是当时声名显赫、威望甚高的一位学者。后来因受谗谤离开了齐国，先后在秦、赵游说、议兵，但均不得见用。荀子到楚国时，春申君时任楚相，他任荀子为兰陵（今山东兰陵）令。春申君被杀后，荀子也被废官，而后著书授徒终老于兰陵。

注 释

心合于道，说合于心，辞合于说：心意应符合道，主张须合乎心意，文辞要能记述主张。

正名而期，质请而喻：运用正确的名称以合乎共同的约定，切合事物的实情而达到相互理解。质请，合乎实际情况。

辨异而不过，推类而不悖：区分不同类的事物时而不会犯下错误，类推同类事物时而不会相互矛盾。

听则合文，辨则尽故：听他人辩说便能取其合文理之处，自己辩说则能尽其事实。

邪说不能乱，百家无所窜：邪说不会扰乱自己，百家的异说也就无所遁形了。窜，伏匿，隐藏。

说行则天下正，说不行则白道而冥穷：如果辩说能畅行四方，则会使天下归正；如果不能畅行，那么，圣人就会阐明道理后退隐江湖。

颙颙卬卬，如珪如璋，令闻令望，岂弟君子，四方为纲：出自《诗经·大雅·卷阿》。这句话的意思是，（你看他）神色静肃，气宇轩昂，其德如珪，其行如璋，威名盛誉传四方，这个平易近人的君子，是天下人共同的榜样。颙颙印印，体貌庄重恭敬，气概轩昂；珪璋，两种贵重的玉制礼器；岂弟，和乐平易。

忌讳不称，袄辞不出：不说忌讳的话，不写怪异的文章。

不治观者之耳目：不用眩人耳目的手段蛊惑观众。有学者考证，"治"应为"冶"，"冶"古通"蛊"，指用幻术眩人耳目。

不利传辟者之辞：不喜欢身边人讨好的言辞。利，贪爱，喜好。

吐而不夺，利而不流：言辞虽钝拙但不可被劫夺，言辞虽流利但不会流于虚浮。

《左传》一则

题　解

　　《左传》是《春秋左氏传》的省称，"左氏"是作者左丘明的姓氏，"传"是阐释经文的著作，《左传》即阐释经书《春秋》的一种传书。《左传》除了阐释《春秋》之宗旨，讲论文之大义，还根据其他史料补充了大量资料，使内容更加完备。它融经学于史学，寓褒贬于记事，经史兼备。此外，这部书还在宏大的叙事中增加了很多想象的细节，语言凝练，气势恢宏，因此还是一部很可观的文学作品。

　　本文所选内容通过子产和然明的对话，展示了子产的治国理念。子产执政二十余年，使处在晋楚两国重压之下的郑国获得了繁荣安定，这与他开明的执政理念是分不开的。

作　者

　　司马迁在《史记》中，最先提出《左传》是春秋时期鲁国左丘明所作，这种说法一直持续到唐宋时期才有人提出异议。不过，我们今天还是习惯把这部书的作者说成是左丘明。左丘明，一说复姓左丘，名明，一说单姓左，名丘明。他双目失明，有"盲左"之称，曾任鲁国太史，又传《国语》也出自他之手。

注　释

乡校：乡间的公共场所，既是学校，也是乡人聚会议事的地方。执政，掌握政权的人。

然明：郑国大夫，姓鬷，名蔑，字然明。后文"蔑"，就是他的自称。

子产：郑国大夫，姓公孙，名侨，字子产，相郑简公、郑定公二十余年。

岂不遽止：难道不能迅速制止议论？遽，疾速，迅速。

药：动词，以（我听闻的乡人的议论）为药。

其郑国实赖之，岂唯二三臣：岂止是我们这些做官的有赖于此，郑国上下都有赖于此。

是：这，此处指这件事。下文"以是观之"的"是"为同义。

7

《吕氏春秋》一则

题 解

《吕氏春秋》是由战国末年秦相国吕不韦组织其门客编写的，共二十六卷，又细分为十二纪（如《孟春纪》《仲春纪》《季春纪》）、八览（如《有始览》《孝行览》）、六论（如《开春论》《慎行论》），现存一百六十篇（逸失一篇），总计十余万言。因为书中有"八览"，所以也称《吕览》。这部书以儒家为主，兼采各家之长，如取道家清静无为、墨家节俭好义、法家赏信必罚、名家正名观念，此外，阴阳家、农家等皆有所采，是一部汇聚各家精华的瑰丽巨著。传说书成之后，吕不韦将其展示于咸阳市门，并悬千金于其上，赏给增损此书一字者。

本文选自《孟春纪》第四篇，讲述了圣王之德在于以"公"为贵。

作 者

吕不韦，濮阳（今河南濮阳西南）人，是阳翟（今河南禹州）富贾，家累千金。他在赵国都城邯郸遇到作为人质的秦公子子楚，认为"奇货可居"，而后入秦为其奔走并使他获得嗣位，是为"秦庄襄王"。庄襄王即位后，任吕不韦为相国，封文信侯。年幼继位的嬴政尊他为"仲父"，一时权倾朝野。秦王政九年（前238），吕不韦受嫪毒政变一事牵连，被罢相，在流放蜀地的途中因忧惧自杀而亡。

注　释

无或作好，遵王之道；无或作恶，遵王之路：不要以一己之好恶行事，应遵循先王的正道、正路。鸿范，即《洪范》，是《尚书》中的一篇。

阴阳之和，不长一类；甘露时雨，不私一物：阴阳相和，化育万物；甘露时雨，遍泽山林。

请所以治鲁：（向周公）求教治理鲁国的方法。伯禽，周代鲁国的始祖，周公旦的长子，姬姓，字伯禽；所，道理，方法。

利而勿利也：前一个"利"为"利民"，后一个"利"为"利己"。

天下大矣，生而弗子，成而弗有，万物皆被其泽、得其利，而莫知其所由始：天地何其伟大，化育万物却不以家长自居，成就万物却不以所有者自居，万物都得其恩泽、好处，却不知道这些是从哪里来的。

三皇、五帝：传说中的远古帝王，"三皇"与"五帝"具体所指不一。

《礼记》一则

题　解

　　《礼记》是儒家关于"礼"的经典著作之一，与《周礼》《仪礼》并称"三礼"。《礼记》又称《小戴礼记》，是由西汉戴圣编纂的先秦至秦汉时期共四十九篇解说《仪礼》的文献合辑。与枯燥难懂的《仪礼》不同，《礼记》不仅记载了许多生活中实用性较强的仪节，而且详尽地论述了各种典礼的意义和制礼的精神，并多格言警句，所以后来居上，取代《仪礼》成为"五经"之一。

　　本册所选一则，来自《中庸》的第三十和第三十一章，前一章介绍了天之道，后一章介绍了圣人之德。

作　者

　　《礼记》是由西汉时期经学家戴圣编辑而成的，已是学界公论。具体到每一篇文章的作者是谁，一般都信从《汉书·艺文志》的说法，认为《礼记》是"七十子后学者所记也"。也就是说，《礼记》出自孔子弟子或再传弟子之手。

　　具体到本篇《中庸》，大都认为是孔伋所作。孔伋字子思，鲁国人，孔子的嫡孙，孔子之子孔鲤之子。他上承曾参，下启孟子，在孔孟"道统"的传承中占有重要地位。

注　释

　　仲尼祖述尧舜，宪章文武，上律天时，下袭水土：孔子远宗尧舜之道，近守文武之法，上依天时，下法地理。祖述，是"效法，遵循"的意思，"宪章""律""袭"都有此义；文武，指周文王、周武王；水土，山川，国土。

　　小德川流，大德敦化：小的德行犹如山川之流，大的德行则化育万物。敦化，仁爱敦厚，化生万物。

　　唯天下至圣，为能聪明睿知，足以有临也：唯有天下至圣之人，其聪明睿智能统治天下。至圣，道德、智慧最高的人；临，本义是"站在高处向下看"，引申为"统治、治理"。

　　宽裕温柔，足以有容也。发强刚毅，足以有执也：其宽厚温柔，足以能包容万物；其奋发刚毅，足以能运筹帷幄。宽裕，宽大，宽容；发强，奋发图强；执，判断。

　　齐庄中正，足以有敬也。文理密察，足以有别也：庄重公平，足以获得他人的尊重；缜密周详，足以明辨是非。文理，文章条理；密察，详细明辨。

　　中国：指我国中原地区。

　　蛮貊：南蛮北貊，古代对边远落后部族的称呼。

　　故曰配天：圣人道德所及之广，能与天匹敌。配，匹敌。

诸葛亮 《出师表》

题 解

蜀汉建兴五年（227），诸葛亮挥师北伐，践行他当年隆中对之建言，完成蜀汉的霸业，以不负刘备临终之托。临行前，他上表给后主刘禅，即《出师表》一文。

人尝有言："读《出师表》不哭者，其人不忠；读《陈情表》不哭者，其人不孝。"表文言辞恳切，皆是肺腑，句句泣血，字字忍悲，读来摧人心肝。每个阅读此文的人，都很难不为殚精竭虑、旰衣宵食的丞相洒一把涕泪。

作 者

诸葛亮（181—234），字孔明，琅琊阳都（今山东沂南南）人，三国蜀汉丞相。少年的诸葛亮便有逸群之才，英霸之器。他早年避难荆州，躬耕于野。后刘备三顾草庐，将其请出。在隆中对中，诸葛亮为刘备分析了天下形势，提出先取荆州再取益州，遂使蜀与吴、魏成鼎足之势，最后图取中原的霸业构想。刘备曾说："孤之有孔明，犹鱼之有水也。"诸葛亮为一代贤相，他治国有分，御军有法，为蜀汉"鞠躬尽瘁，死而后已"，功盖一时，辉耀古今。

注　释

先帝：指三国蜀汉的创立者刘备；创业未半，指统一大业还未完成。

益州：今四川一带，是当时蜀汉的辖境。

盖：连词，承接上文，表示原因或理由；殊遇，特殊的礼遇。

开张圣听：扩大圣明的听闻。意思是广开言路，听取大家的意见。

引喻失义：指说话不恰当。

宫中府中，俱为一体，陟罚臧否，不宜异同：皇宫里的近侍和丞相府的官吏，都是一体，提拔、晋升、赞扬和批评不应该不一样。

使内外异法也：使宫内和丞相府的赏罚标准不一致。

向宠：蜀汉将领。通晓军事，又具有谦和公允的性格品行，深得刘备和诸葛亮的称赞。

是以众议举宠为督：所以大家都推举向宠为都督。

桓、灵：东汉桓帝刘志和灵帝刘宏，是两个昏庸无道的皇帝。

侍中、尚书、长史、参军：当时的侍中是郭攸之、费祎，尚书是陈震，长史是张裔，参军是蒋琬。

贞良死节：忠正贤明，为保全节操而死。

南阳：当时诸葛亮隐居在隆中，属于南阳郡（今河南南部和湖北北部一带）。

后值倾覆：此处说的是，建安十三年（208），刘备在长坂坡被曹操打败。

二十有一年矣：指东汉建安十二年（207）刘备三顾茅庐起，至蜀汉建兴五年（227）诸葛亮上表出师北伐，总计二十一年。尔来，自那时以来。

临崩寄臣以大事：蜀汉章武三年（223），刘备病重，临终前把国家大事和辅佐刘禅的大事托付给诸葛亮，并诏敕刘禅："汝与丞相从事，事之如父。"

五月渡泸：建兴元年（223），蜀汉南方四郡先后发生叛乱。建兴三年（225），诸葛亮挥师平叛，五月之时，冒着致病的瘴气强渡泸水。泸，水名，今金沙江在四川宜宾以上及云南、四川交界处的一段。不毛，不生植物的荒瘠之地。

驽钝：低下的才能；驽，跑不快的马；钝，不锋利的刀。

旧都：指的是东汉的都城洛阳。

遗诏：《诸葛亮集》中收录了刘备给刘禅的遗诏，全文较长，人们耳熟能详的是"勿以恶小而为之，勿以善小而不为。惟贤惟德，能服于人"二句。

张 载 《西铭》

题 解

儒学发展到北宋时期，已日益衰微且多杂糅佛道"异端"。张载"上承孔孟之志，下救来兹之失"，一开两宋儒学之新风气。他以《易》为宗、以《中庸》为体，以孔孟为法，黜怪妄，辨鬼神，提出儒生应回归"孔颜乐处"的精神追求。他率先垂范，敝衣疏食，讲学关中，尊礼贵德，乐天安命，曾在学堂双牖之上各录《正蒙·乾称》的一部分，左书"砭愚"，右书"订顽"，以明心志。此二文后由程颐改称"东铭"和"西铭"。《西铭》也受到程颐的最高赞誉，称"自孟子后，盖未见此书"。

作 者

张载（1020—1077），字子厚，凤翔郿县（今陕西眉县）横渠镇人，世称"横渠先生"。他少时喜欢谈论兵法，因受到范仲淹点拨，始苦心钻研儒家"六经"。进士及第后，曾任著作佐郎、崇文院校书等职。因他的胞弟张戬反对王安石变法，他自己亦不愿参与新政，遂辞官。辞官后，他以"为天地立心，为生民立命，为往圣继绝学，为万世开太平"为己任，著书立说，授徒讲学于关中，其学派被称"关学"。作为"北宋五子"(其他为周敦颐、邵雍、程颢、程颐)之一的张载,将传统儒学从道德经验推向了哲学思辨,提出了"太虚即气"的一元论,对理学的奠基和发展都起到了巨大推动作用。有《张子全书》传世。

注　释

乾称父,坤称母:乾为天,坤为地,即以天地为父母。

故天地之塞,吾其体;天地之帅,吾其性:充塞于天地之间的"太虚之气"与组成人体的"气"是一样的;统帅万物的天地之性,也是人的本性。

民,吾同胞;物,吾与也:这句话是承接上文而来的,既然人都生于天地之间,自然都是同胞;既然万物一性,自然皆为同辈。

于时保之,子之翼也:及时地保育他们,是子女对乾父坤母的襄助。典出《诗经·周颂·我将》,原文是:"畏天之威,于时保之。"

乐且不忧,纯乎孝者也:以此为乐且不以无忧,就是对乾父坤母的至纯之孝。

其践形,惟肖者也:将天性体现于形色之上,就是肖似乾父坤母了。典出《孟子·尽心上》,原文是:"形色,天性也,惟圣人然后可以践形。"

不愧屋漏为无忝,存心养性为匪懈:在独处时亦无愧于乾父坤母即为"无忝";时时保存本心、养育心性便是"匪懈"。后一句典出《孟子·尽心上》,原文是:"存其心,养其性,即可事天。"屋漏,古代室内西北隅施设小帐,安藏神主,为人所不见的地方称作"屋漏"。无忝,不羞愧;匪懈,不懈怠。

恶旨酒,崇伯子之顾养;育英才,颍封人之锡类:不嗜美酒,是大禹的孝顺之道;培育英才,是颍考叔的孝敬之法。崇伯子,即禹,禹的父亲鲧曾受封于崇,故称崇伯;顾养,孝顺赡养父母;颍封人,春秋时郑国大夫颍考叔曾任颍谷封人,劝郑庄公母子和好,为史所称。

不弛劳而底豫,舜其功也;无所逃而待烹,申生其恭也:不松懈而使父母欢愉,是舜之功;受到冤屈却坐以待毙,是申生之恭。申生明知受冤而自杀,"恭"也是申生的谥号。

体其受而归全者,参乎:临终前将受之于父母的身体完整归还的,是曾参。典出《礼记·祭义》,原文是:"父母全而生之,子全而归之,可谓孝矣。"

勇于从而顺令者,伯奇也:勇于顺从父命的,是伯奇。相传伯奇是周宣王时重臣尹吉甫的长子。母死,后母欲立其子伯封,于是诬陷伯奇。吉甫怒,将伯奇赶出家门。伯奇自伤无罪而被放逐,乃作琴曲《履霜操》以述怀。

厚吾之生:使我的生活富足。厚生,使生活充裕。典出《尚书·大禹谟》，原文是："正德，利用，厚生，惟和。"

　　贫贱忧戚，庸玉女于成也：玉以"贫贱忧戚"的磨砺
而出。

　　存，吾顺事；没，吾宁也：活着的时候，我顺从侍奉
乾父坤母；死的时候，我内心平静安宁。顺事，顺从地
侍奉。

程 颐 《明道先生墓表》

题 解

　　程颢（1032—1085），字伯淳，洛阳（今河南洛阳）人，世称"明道先生"。程颢与胞弟程颐同学于周敦颐，并称"二程"。他博通诸家，出入道、佛两家几十年，最后返求"六经"而成一代大儒。他曾在洛阳讲学十余年，提倡"天即理"，为学应以"识仁"为要，仁又应以"诚敬"存之。程颢修养极高，史书上说他与门人朋友交往数十年，未有人见过他有忿厉之色，时人评价他，"与明道先生处，如坐春风"。这篇他弟弟程颐所撰写的《墓表》，高度称颂了他"使圣人之道焕然复明于世"的丰功伟绩。

作 者

　　程颐（1033—1107），字正叔，洛阳（今河南洛阳）人，世称"伊川先生"。宋哲宗时，受司马光、吕公著的举荐，程颐被擢为崇政殿说书，因反对王安石新法被贬涪州（今重庆涪陵），随后他的命运和其他旧党一样几番起伏，后病逝于洛阳伊川。程颐是北宋理学的创立者之一，与胞兄程颢共创"洛学"。他在洛阳讲学三十余年，一生诲人不倦，门人甚众。其学以"穷理"为本，主张"去人欲，存天理"，这些学说后被朱熹所继承和发展，是为"程朱学派"。后人辑有《二程全书》传世。

注　释

伊川：今河南嵩县和伊川县一带。

潞国太师：即北宋大臣文彦博，历师四朝，为将相五十年，封潞国公，以太师致仕。

周公：周文王之子，周武王之弟，周成王之叔。武王驾崩后，因为成王年幼，周公摄政，制礼作乐，天下大治。

无善治，士犹得以明夫善治之道，以淑诸人，以传诸后：即便没有善政，士大夫也能明善政之道，教导诸人，并传之后世。

无真儒，天下贸贸焉莫知所之，人欲肆而天理灭矣：如果天下没有大儒，那么世人就会昏昏然不知何去何从，私欲四起，天理灭绝。天理，理学家把儒家伦理视作永恒的道德法则，称为"天理"。

不传之学：指上文所说的"圣人之学"。遗经，古代留传下来的经书。

天不慭遗，哲人早世：这句话说的是，有才德的人都去世了。天不慭遗，天不愿意留下那些前代元老；慭，愿意。

73

　　异端：古代儒家称与自己观点对立的其他学说、学派为异端。

　　帝师：帝王的老师，指太师文彦博。

　　表：在石柱或石碑上刻文字或图案，此处指墓表。

12

王阳明 《大学问》一则

题 解

"大学问"即"针对《大学》一书的提问",是王阳明以儒学经典《大学》为依据,阐发他仁学思想的著作。这既是他一生中最后一部著作,也是后来被他作为教习弟子的入门之作。这部书是以问答体写成的,全书以《大学》为筋骨,构筑了一幢仁学大厦,其根基是"大人与天地万物一体"的仁学思想。

本册所选为《大学问》之开篇第一问。

作 者

王阳明(1472—1529),字伯安,浙江余姚人。明孝宗朝进士,武宗时,因见罪于宦官刘瑾被贬为龙场(今贵州修文县龙场镇)驿丞。在凄苦的谪戍岁月里,他日与诸生讲学,并于此悟道。刘瑾被诛杀后,王阳明先是移官庐陵(今江西吉安)知县,后被召入京。正德年间,因平叛乱之功,任南京兵部尚书。后加封新建伯。谥号"文成"。他主张以心为本体,提出了"求理于吾心"的知行合一说。因其筑室故乡阳明洞,世称"阳明先生",其学派被称作"阳明学派"。有《王文成公全书》传世。

注　释

《大学》的第一句是："大学之道，在明明德，在亲民，在止于至善。"

大人：是与"小人"相对的概念，可以理解为"德行高尚、志趣高远的人"。

若夫间形骸而分尔我者，小人矣：如果仅以人的外在特征而区分彼此，那就是小人的做法。

岂惟大人，虽小人之心亦莫不然，彼顾自小之耳：这句话的意思是说，大人能够将天地万物视为一体，并非有意为之，而是他们的仁心本就如此，而且不仅仅是大人，就连小人的心也是这样的，只不过他们把自己看作小人罢了。

是乃根于天命之性，而自然灵昭不昧者也，是故谓之"明德"：这种"一体之仁"的心性是与生俱来的，它天生如此，昭然不昧，所以称为"明德"。

小人之心既已分隔隘陋矣，而其一体之仁犹能不昧若此者，是其未动于欲，而未蔽于私之时也：这句话的意思是说，小人之心虽然已有了分别之心变得狭隘鄙陋，但是万物一体的仁心还能如此显露出来，是因为他的心没有被欲望驱动，没有被私利所蒙蔽。

《诗经》一首 《伐檀》

题 解

　　《诗经》是我国第一部诗歌总集，原称"诗""诗三百"，收录了西周初年至春秋中期五百多年的三百零五篇诗歌。因经由孔子删定整理，所以后来被尊奉为"经"，始称"诗经"。《诗》分为风、雅、颂三部分。"风"即国风，是各地民间的歌谣，又分为《周南》《召南》等十五国风，计一百六十篇；"雅"是朝廷宴飨的诗歌，又分为《小雅》和《大雅》，计一百零五篇；"颂"是朝廷祭祀的乐章，又分为《周颂》《鲁颂》和《商颂》，计四十篇。

　　秦火之后，汉代的经学分为古文经和今文经两派，古文《诗经》有鲁、齐、韩三家，今文《诗经》仅有毛诗一家。但目前流传于世的仅剩毛诗一家了。孔子曾经说："小子何莫学夫《诗》？《诗》可以兴，可以观，可以群，可以怨。迩之事父，远之事君。多识于鸟兽草木之名。"寥寥数语道尽了学《诗经》的意义与价值。

　　《伐檀》是一首讽刺剥削者不劳而获的诗，表达了对剥削者无功食禄的极大不满，并对其进行了辛辣的嘲讽。

注　释

不稼不穑，胡取禾三百廛兮：古代有封地制度，天子把领地分封给诸侯，诸侯也可以继续分封给所属的卿大夫。生活在领地上的百姓要向领主纳税。这句话的意思是说，他们不耕种、不劳作，为什么能白白得到上百户人家的税米。此处的"三百廛"和下文的"三百亿""三百囷"指的都是上百户人家的收成。三百，表示很多，并非确指。廛，古代平民一家在城邑中所占的房地，后来泛指民居、市宅。

不素餐兮：这句话表面的意思是"不白白吃饭啊"，其实有反讽的意味在其中。君子，即上文的"尔"，指那些不劳而获的剥削者。素餐，无功而食。

辐：车轮中凑集于中心毂上的直木。此处指檀木，因檀木可用于制作车辐。

亿：周朝以"十万"为"一亿"，此处虚指禾的数量。

轮：车轮。此处亦指檀木，因檀木也可用于制作车轮。

汉古诗一首

题 解

两汉时期出现的新体五言诗，是继周朝四言诗的又一次诗歌大发展。它以整齐优美的形式、丰富多样的内容，开启了建安魏晋五言诗的风气。在新体五言诗的百草园中，《古诗十九首》是尤为耀眼的一片芳菲，刘勰在《文心雕龙》中赞誉称它们是"五言之冠冕"。这十九首诗是南朝梁萧统从传世的古诗中选录出来编入《文选》的，"古诗十九首"的名字也由他所题。这些诗歌的作者已不可考，大约写作于东汉末年、建安以前，实并非一人一时之作，内容多表现男女间的离愁别绪或是士人的彷徨失意。

本诗原题为"迢迢牵牛星"，和其他十八首诗歌一样，是以诗歌首句为题的。这首诗描写了牛郎和织女一对离人分别河汉两端不能相见的相思之苦。

注 释

河汉女：指银河中的织女星。牵牛星在银河南，织女星在银河北，两星隔"河"相对。

不成章：这里指织不出布。

零：原指雨徐徐而落，也泛指眼泪的掉落。

曹　植　《野田黄雀行》

题　解

　　220年，曹丕登受禅台继帝位，改元黄初，曾与曹丕有世子位之争的曹植的处境便发生了重大变化。黄初二年（221），曹植被降位为安乡侯，次年又改封鄄城侯。而在此前，与他亲厚的杨修、丁仪、丁廙等皆被诛杀。曹植借比兴之语，慨叹"利剑不在掌，结友何须多"，这首诗既是他悼念亡友之作，也是他自己的悲鸣之音。

作　者

　　曹植（192—232），字子建，曹操之子，曹丕之弟。少时的曹植言出为论、下笔成章，不治威仪、不尚华丽，深得曹操的喜爱，曹操几度想立他为魏王世子。但曹植行为放纵不羁，行事不拘小节，所以在与曹丕的继位之争中落败。曹丕称帝后，曹植的羽翼均被剪除，他自己也被降位，封地也几次被改换。后来他多次上疏请求任用，但均没有得到应允。他报国无门，忧郁而终，年仅四十一岁。曹植文采风流，是建安文学最重要的代表人物，谢灵运曾说："天下才有一石，曹子建独占八斗，我得一斗，天下共分一斗。"

注　释

　　不见篱间雀，见鹞自投罗：你没看见那篱间雀鸟，因为躲避鹞鹰而误入罗网吗？

16

黄鹤楼送孟浩然之广陵

题　解

这是一首赠别诗。古代赠别诗所表达的情感不一，有不诉离恨的"青山一道同云雨，明月何曾是两乡"（王昌龄《送柴侍御》），也有情凄意切的"一看肠一断，好去莫回头"（白居易《南浦别》），还有豪迈豁达的"莫愁前路无知己，天下谁人不识君"（高适《别董大》）。这首诗虽不露诗人的情感痕迹，但我们仍旧能从"孤帆远影碧空尽，唯见长江天际流"的景色中，感知诗人久久不愿离去的依依不舍之情。

作　者

李白（701—762），字太白，号青莲居士，其祖先在隋末被流放到西域的碎叶（在今吉尔吉斯斯坦的托克马克），幼时随父亲迁居绵州昌隆（今四川江油）。少时学剑好游侠，酣歌纵酒，曾隐居山中。二十五岁离开蜀地之后，他漫游各地，创作了大量诗歌，扬名海内。天宝元年（742），受贺知章等人的举荐，李白奉诏命入职翰林，因在酒后命权倾朝野的高力士为他脱靴，不能见容于宫廷，被赐金放还。安史之乱爆发后，李白入永王李璘幕府，受到永王擅兵东巡的牵连，李白被流放夜郎（今贵州西北及云南、四川部分地区），后来遇赦得还。三年后，卒于当涂（今安徽马鞍山）。李白一生留下了无数瑰玮绚烂的诗篇，是当之无愧的唐诗执牛耳者，他被后人誉为"诗仙"。有《李太白集》传世。

注 释

黄鹤楼：故址在今湖北武汉蛇山的黄鹄矶上。据《太平寰宇记》等记载，有仙人曾驾黄鹤于此楼休憩，于是以"黄鹤楼"为名。经历代考证，因楼建于黄鹄山上，而古代"鹄""鹤"因转音互用，故有此名。古今诗人题咏黄鹤楼的诗歌十分之多，其中以李白的这首《黄鹤楼送孟浩然之广陵》及崔颢的《黄鹤楼》最为著名。

韦应物 《滁州西涧》

题　解

　　《滁州西涧》是诗人任滁州（今安徽滁州）刺史时所作。所写景物皆是寻常所见之物，幽草、深树、黄鹂、春雨、晚潮，以及横陈在渡口边的小舟，但这些却共同组成了诗人独有的清幽意象，婉转而鸣的黄鹂啼叫，让幽静的西涧更复静谧，好一派自然的真趣。

作　者

　　韦应物，字义博，唐京兆万年（今陕西西安）人，少年时曾为唐玄宗侍卫，狂放不羁。安史之乱后失官，折节入太学读书，后为滁州、江州、苏州刺史，世称"韦江州""韦苏州"。任满后罢官，终老于苏州。他性行高洁，诗如其人，以闲淡悠远的田园风物诗最为著名，也有反映时政和民间疾苦的佳作。传世的作品有《韦应物集》。

白居易 《钱塘湖春行》

题 解

白居易在朝廷供职时，常常受人排挤，政治建议得不到采纳，所以多次请求外任地方。长庆二年（822），白居易被任杭州刺史，任满后回朝，而后又出任苏州刺史。出任地方官时，在解民忧、纾民困之余，他遍游江南美景。这首诗就写于他在杭州的任上，整观全诗，动静相宜，声色相和，既是一曲钱塘雅音，也是一幅西湖墨彩。

作 者

白居易（772—846），字乐天，自号香山居士、醉吟先生，祖籍山西太原，后来迁居下邽（今陕西渭南）。唐德宗朝进士，官至左拾遗、左赞善大夫，后被贬官，又任杭州刺史、苏州刺史，政绩斐然，以刑部尚书致仕。他主张"文章合为时而著，歌诗合为事而作"，所以写了很多针时之弊、补政之缺的诗。这些诗作并没有给他带来更多的信任，反而因为得罪当权者而一再被排挤。他的诗言浅思深、意微词显，老妪能解，是唐朝最伟大的诗人之一。有《白香山集》传世。

注　释

孤山寺：古代杭州西湖孤山上的寺院。

贾亭：亭名。为唐朝贾全任杭州刺史时所造，因此得名。

白沙堤：堤名，在西湖断桥与孤山之间。相传这个沙堤是白居易任杭州刺史时所筑，所以称白公堤、白堤，但其实这个白沙堤早在白居易到任之前就有了。因当地人民感念其政绩，故将此白沙堤更名为白堤。

李 贺 《金铜仙人辞汉歌》

题 解

《金铜仙人辞汉歌》是诗人有感于曹魏灭汉而借金铜仙人抒发的兴亡之叹。这首诗还有一段序文，说明了他写这首诗的缘由。当年魏明帝曹叡命宫人驾车，从长安迁移汉武帝时期立于神明台之上的金铜仙人，当宫人拆掉仙人手捧的露盘时，将要离开长安的金铜仙人潸然泪下。作为唐宗室郑王之后的李贺，咏此以写兴亡之感，正流露出没落贵族当大厦将倾时无可奈何的悲哀。

作 者

李贺（790—816），字长吉，唐福昌（今河南宜阳）人，是皇室远支，到李贺时家道已中落。他才思敏捷，曾得到韩愈的赏识，但因其父名"晋肃"，为避家讳（"晋"与"进士"之"进"同音），所以不能应进士科考试。他一生生活困顿，于仕途无望，积郁成病，去世时年仅二十七岁。他善于运用神话传说营造新奇瑰丽的诗境，炼词琢句，险峭幽诡，史书上评价他"其文思体势，如崇岩峭壁，万仞崛起，当时文士从而效之，无能仿佛者"。

注　释

茂陵刘郎秋风客，夜闻马嘶晓无迹：相传，汉武帝的魂魄曾出入汉宫，有人在夜中听到他坐骑的嘶鸣。茂陵刘郎，指汉武帝刘彻，其陵墓名为茂陵，在今陕西兴平东北。秋风客，指的也是汉武帝刘彻，他曾作《秋风词》。晓，拂晓，天刚亮。

画栏桂树悬秋香，三十六宫土花碧：当年汉武帝苦心经营的离宫别馆早已人去楼空，如今只剩桂花秋香、苔藓碧绿。三十六宫，形容宫殿之多，语出班固《西都赋》"离宫别馆，三十六所"。土花，苔藓。

魏官牵车指千里，东关酸风射眸子：曹魏宫人驱车从长安经东关向洛阳进发，秋冬的悲风刺进金铜仙人的双眸。东关，长安城东门。眸子，眼瞳，指眼。

空将汉月出宫门，忆君清泪如铅水：曾经身处离宫之中的金铜仙人，如今能陪他走出宫门的，只有一轮曾见证过汉朝鼎盛的明月了。回忆起往日的君王，涕泪滂沱。

衰兰送客咸阳道，天若有情天亦老：衰萎的兰草目送金铜仙人于咸阳道旁，天如若有情，也会因此发出悲鸣而日渐苍老。咸阳，秦朝都城，东汉时并入长安，此处代指长安。

携盘独出月荒凉，渭城已远波声小：荒凉的月光之下，携盘独出的金铜仙人渐行渐远，渭水的波涛声也渐行渐杳。

苏　轼　《水调歌头》

题　解

　　熙宁年间，由于反对王安石变法，苏轼、苏辙两兄弟被贬外放，难能相见。苏轼在杭州任满之后，因为苏辙在济州任职，所以他向朝廷请求，希望能到山东任职，可以离弟弟近一些，朝廷派他任职密州。尽管这样，由于政务繁忙，二人还是无法相见，在一别七年未能相见的中秋之夜，苏轼写下了千古名篇《水调歌头》一诉离愁别恨，以表达对弟弟的思念之情。

作　者

　　苏轼（1037—1101），字子瞻，号东坡居士，眉州眉山（今四川眉山）人。苏轼少年便登科折桂，衣绶朱紫，他为官极有政声，因法便民，政绩斐然，官至翰林学士、知制诰。他也是历史上罕见的文化全才，在诗文书画领域都有着极高的造诣，其诗清新豪健，其词开豪放一派，书法位列"宋四家"之首，擅画枯木竹石的他还是"湖州竹派"的领军人物。但苏轼一生仕途坎坷，身陷党争，屡屡因诗文被构陷，大半生时光都在贬谪之中度过。虽然如此，他却始终能以宠辱不惊的达观心态自处，并为我们留下了数不胜数的黼黻华章。

注　释

琼楼玉宇：传说中仙人的住所或月中宫殿，如同用美玉做成的楼阁。后用以形容精美华丽的建筑物。

起舞弄清影：在月光下轻舞，欣赏自己洒落在地上的影子的舞动之态。

转朱阁，低绮户，照无眠：转，指月亮转动，月影随之流转。"低"也是此景。绮户，有彩绘雕花的门户。无眠，难以成眠。

不应有恨，何事长向别时圆：月亮对人并无恨意，可为何偏偏总在人们别离的时候格外圆满呢？

周邦彦 《兰陵王》

题 解

这是一首黄昏临水送别之作。作者客居京师日久，心生厌倦，相知的旧友又先后接连而去，"客中送客"更添离愁。古代有折柳送别的习俗，因"柳"与"留"同音，通过折柳以示送别人依依惜别之情，所以"柳"在词中反复多次出现。愁绪交织于送行者和行者之间，在这无限春光中堆叠了千万重。

作 者

周邦彦（1056—1121），字美成，自号清真居士，钱塘（今浙江杭州）人。宋神宗时，敬献歌颂新法的《汴都赋》万余言，得到皇帝的赏识，被提拔为太学正。而后宦海沉浮，历仕神宗、哲宗、徽宗三朝。他精通音律，创作了不少新词的曲调，词誉极高。他的词富艳精工，风格与柳永相近，擅长写景和咏物，也有描写闺阁、羁旅的内容。在词的写作上，他推崇曲折回环的书写方式，同时也将宋词俚俗的传统推向典雅、含蓄，受到士大夫阶层的欢迎。有《清真居士集》，已佚，今存《片玉集》。

注　释

柳阴直：长堤边的柳树被栽得很直，所以树荫也是笔直的。

烟里丝丝弄碧：笼罩在雾气里的杨柳丝丝飞舞，在卖弄它嫩绿的枝条。

隋堤：是当时东京（今开封）附近的堤，于隋代修筑，所以称隋堤。

应折柔条过千尺：表明作者经常来此处为他人送行。柔条，指柳枝。

闲寻旧踪迹，又酒趁哀弦，灯照离席：闲暇时寻访这个与朋友离别的地方，却又逢另一位朋友的饯别之宴。旧踪迹，旧日踪迹，此处指长堤送别的地方。哀弦，悲凉的弦乐声。离席，饯别的宴席。

梨花榆火催寒食：寒食节，在清明的前一日或二日，其起源与春秋晋国重臣介子推有关。相传，介子推在晋文公功成之后归隐于绵山，晋文公为了让介子推出仕而放火烧山，介子推抱树而亡。为了纪念介子推，文公下令于这一天禁火冷食，以为悼念。但其实，禁火是周朝的旧制，并非春秋才有。寒食节后需要另取新火，所以在唐宋时期，有清明日取榆柳新火赐百官的习俗。加之寒食节前后，也正是梨花盛放时分，故有"梨花榆火催寒食"的说法。

愁一箭风快，半篙波暖，回头迢递便数驿，望人在天北：这几句是作者以远行人的视角来写的。愁，指远行者的愁绪。一箭，指代船，比喻顺风顺水的船行进速度之快。半篙，撑船的竹篙入水的部分。迢递，遥远的样子。驿，驿站，古时供传递文书、官员来往等中途休息的地方。

渐别浦萦回，津堠岑寂：启航的船已远走，水面上空留回旋的水波，码头也渐归静寂。别浦，水边送别的地方。浦，水边，河岸。萦回，盘旋往复。津堠，渡口上用于瞭望的土堡。岑寂，寂静。

张孝祥 《念奴娇·过洞庭》

题 解

　　靖康之后，宋朝虽偏安一隅得以喘息，但南宋仍是风雨飘摇，外忧内患深重。外有虎狼群视，内有奸臣当政，国家危亡也只在旦夕。主战的张孝祥在登上政治舞台之初，就写定了他曲折的为官生涯。虽高中进士第一，但是他屡遭谗言，在落官和复官之间身不由己。宋孝宗乾道二年（1166），到任静江知府不足两年的张孝祥又遭谗言被贬官。这首词就是他北归过洞庭时所作，"肝肺皆冰雪"既是他自己的高洁忠贞的写照，也是他周遭一片脏污的侧影。

作 者

　　张孝祥（1132—1170），字安国，号于湖居士，历阳乌江（今安徽和县）人，南宋高宗时进士第一。曾上疏为岳飞抗辩，被秦桧所嫉恨诬陷。秦桧死后，他任建康（今江苏南京）留守、荆南荆湖北路安抚使（掌管军政民政）。在政治上，他忧国忧时，主张收复中原，在任地方官时，也极有政声。在文学上，他的诗文上承苏轼、下启辛弃疾，骏发豪迈，气势雄健。有《于湖居士文集》传世。

注　释

洞庭青草：洞庭，湖名，在湖南岳阳西面、长江南岸，沿湖有岳阳楼等名胜。青草，湖名，在湖南岳阳西南，与洞庭湖相连。

玉鉴琼田三万顷：这是说辽阔的湖面洁白如玉。

孤光自照，肝肺皆冰雪：此二句是作者的自白，以示自己在岭海为官时光明磊落、冰清玉洁。岭海，一作岭表。指两广地区，其北倚五岭，南临南海，故有此名。经年，形容经历的时间长久，这里指诗人在岭海的时间。孤光，孤独的光，多指日光或月光。

尽挹西江，细斟北斗，万象为宾客：汲尽西江的水以为酒，把北斗星当作酒勺来斟酒，邀请天上的星辰万象做客。挹，酌，以瓢舀取，下文"斟"同义。西江，珠江的干流。北斗，北斗七星排列成斗勺形，所以将其借喻为酒器。万象，宇宙间一切事物和景象。

元好问 《水调歌头·与李长源游龙门》

题 解

　　李长源，名汾，字长源，史书上评价他"为人尚气，跌宕不羁，性褊躁，触之辄怒，以是多为人所恶"。正是这个落拓不羁、为人所恶的李长源，被不媚世俗的元好问引为平生知己。正如词中所言"前日神光牛背，今日春风马耳"——不被理解又何妨！与其喧嚣在闹市，不如谈笑青山间，把酒临风，与花鸟为伴，听山水清音。

作 者

　　元好问（1190—1257），字裕之，号遗山，太原秀容（今山西忻州）人。祖上系北魏拓跋氏，金宣宗朝进士，官至尚书省左司员外郎。金朝灭亡后，元好问被俘，后来未再出仕。晚年时，他想为亡国的金朝修史，受阻作罢，但是他致力于史料的搜集，为后来修撰《金史》所采纳。在文学上，他的诗文奇绝而无斧凿之匠气，文采华美却不落俗套。有《遗山集》传世。

注　释

神光牛背：此处用的是西晋琅琊王氏王衍的典故。在一次宴饮上，王衍问族人，之前托他办的事怎么还没有办好，不料却触怒了族人，对方将食盘砸到了王衍的脸上。受到折辱的王衍并未与族人计较，而是在盥洗之后拉着王导登车离去。在车上，王衍对着镜子跟王导说："汝看我眼光，乃出牛背上。"意思是说，自己的脸就像被鞭打的牛背一样。元好问借此典故，勉励自己和李长源不与他人计较短长。

春风马耳：此处也是用典，典出李白七言古诗《答王十二寒夜独酌有怀》，原文是"世人闻此皆掉头，有如东风射马耳"。元好问借此典故，勉励自己和李长源不要在意世俗的看法。春风马耳，即"马耳春风"，也作"马耳东风"，比喻充耳不闻，无动于衷。

一笑青山底，未受二毛侵：此句是承接前文，他希望二人不计较世俗的议论得失，转而徜徉山水之间，不使衰老侵袭。

丘处机 《无俗念·灵虚宫梨花词》

题　解

　　丘处机是全真道创始人王重阳的传人，对全真道的发展贡献极大，道教也在他的总领下迎来了全盛时期。除了道教著述，丘处机还留下了很多诗词作品。"无俗念"这一词牌的词，丘处机写过十几首之多。这首词中，作者借歌咏不食人间烟火的梨花，以寄托自己的超尘拔世之志。

作　者

　　丘处机（1148—1227），字通密，道号长春子，登州栖霞（今山东栖霞）人。十九岁时拜王重阳为师，与马钰等六人并称"全真七子"。王重阳去世后，七子各立支派，以丘处机的"龙门派"影响最大。当时远在西域大雪山的成吉思汗闻其名，想要召见他。已是七十岁高龄的丘处机不畏苦寒，经过艰辛的跋涉来到雪山朝见成吉思汗，成吉思汗尊丘处机为神仙，又命他总领道教。丘处机去世后，元世祖褒赠他"长春演道主教真人"的封号。后世称为"长春真人"。有《摄生消息论》《大丹直指》《磻溪集》传世。

注　释

白锦无纹香烂漫，玉树琼葩堆雪：白锦无纹，没有花纹的白色丝织品，此处形容梨花的洁白；锦一般是彩色有花纹的。琼葩，色泽如玉的花。

静夜沈沈，浮光霭霭，冷浸溶溶月：沈沈，即"沉沉"，形容夜晚宁静深沉。霭霭，暗淡的样子。溶溶，形容月光荡漾。

浑似姑射真人：浑似，完全像。姑射，山名，古石孔山，在山西临汾，诗文中多以"姑射"为神仙或美人的代称。真人，道家称存养本性或修真得道的人。

瑶台归去，洞天方看清绝：瑶台，传说中神仙的居所。洞天，道教称神仙的居所。清绝，清雅至极。

篇目	篇目来源	版本信息	出版社	出版年份
1	《论语》	《论语译注》杨伯峻译注	中华书局	1980
2	《老子》	《老子注译及评介》陈鼓应著	中华书局	1984
3	《孟子》	《孟子正义》焦循撰 沈文倬点校	中华书局	1987
4	《庄子》	《庄子集释》郭庆藩辑 王孝鱼整理	中华书局	1961
5	《荀子》	《荀子简释》梁启雄著	中华书局	1983
6	《左传》	《春秋经传集解》杜预集解	上海古籍出版社	1988
7	《吕氏春秋》	《吕氏春秋校释》陈奇猷校释	学林出版社	1984
8	《礼记》	《十三经注疏》阮元校刻	中华书局	1980
9	诸葛亮《出师表》	《诸葛亮集》诸葛亮著 段熙仲、闻旭初编校	中华书局	2012
10	张载《西铭》	《张载集》章锡琛点校	中华书局	1978
11	程颐《明道先生墓表》	《二程集》程颢、程颐著 王孝鱼点校	中华书局	1981
12	王阳明《大学问》	《王阳明全集》王守仁撰 吴光等编校	上海古籍出版社	1992
13	《诗经》	《诗经注析》程俊英、蒋见元著	中华书局	1991
14	汉古诗	《先秦汉魏晋南北朝诗》逯钦立辑校	中华书局	1983
15	曹植《野田黄雀行》	《先秦汉魏晋南北朝诗》逯钦立辑校	中华书局	1983
16	李白《黄鹤楼送孟浩然之广陵》	《李太白全集》李白著 王琦注	中华书局	1977
17	韦应物《滁州西涧》	《全唐诗》彭定求等编	中华书局	1960
18	白居易《钱塘湖春行》	《白居易集》顾学颉校点	中华书局	1979
19	李贺《金铜仙人辞汉歌》	《李贺诗集》叶葱奇疏注	人民文学出版社	1959
20	苏轼《水调歌头》	《东坡乐府笺》苏轼著 朱孝臧编年 龙榆生校笺 朱怀春标点	上海古籍出版社	2009
21	周邦彦《兰陵王》	《全宋词简编》唐圭璋选编	上海古籍出版社	1986
22	张孝祥《念奴娇·过洞庭》	《张孝祥词校笺》张孝祥撰 宛敏灏校笺	中华书局	2010
23	元好问《水调歌头·与李长源游龙门》	《全金元词》唐圭璋编	中华书局	1979
24	丘处机《无俗念·灵虚宫梨花词》	《全金元词》唐圭璋编	中华书局	1979

作者作品年表

（以作者主要生活年代、成书年代为参考）

西周（前 1046—前 771）		《诗经》
东周① （前 770— 前 256）	春秋（前 770—前 476）	管子（？—前 645） 老子（约前 571—？） 孔子（前 551—前 479） 孙子（约前 545—约前 470）
	战国（前 475—前 221）	墨子（前 476 或前 480—前 390 或前 420） 孟子（约前 372—前 289） 庄子（约前 369—前 286） 屈原（约前 340—前 278） 公孙龙（约前 320—前 250） 荀子（约前 313—前 238） 宋玉（约前 298—前 222） 韩非子（约前 280—前 233） 吕不韦（？—前 235） 《黄帝四经》 《吕氏春秋》 《左传》 《列子》 《国语》 《尉缭子》 《易传》
秦（前 221—前 206）		李斯（？—前 208）
汉 （前 206— 公元 220）	西汉②（前 206—公元 25）	贾谊（前 200—前 168） 韩婴（约前 200—约前 130） 司马迁（约前 145—？） 刘向（约前 77—前 6） 扬雄（前 53—公元 18） 《礼记》 《淮南子》
	东汉（25—220）	崔瑗（77—142） 张衡（78—139） 王符（约 85—162） 曹操（155—220）
三国（220—280）		诸葛亮（181—234） 曹丕（187—226） 曹植（192—232） 阮籍（210—263） 傅玄（217—278）

晋 （265—420）	西晋（265—317）	李密（224—287） 左思（约250—约305） 郭象（约252—312）
	东晋（317—420）	王羲之（303—361，一说321—379） 陶渊明（约365—427）
南北朝 （420—589）	南朝（420—589）	范晔（398—445） 陶弘景（456—536） 刘勰（约465—约532）
	北朝（386—581）	郦道元（约470—527） 颜之推（531—约590）
隋（581—618）		魏徵（580—643）
唐③（618—907）		骆宾王（约626—684以后） 王勃（约650—约676） 杨炯（650—？） 贺知章（约659—约744） 陈子昂（659—700） 张若虚（约670—约730） 张九龄（678—740） 王之涣（688—742） 孟浩然（689—740） 崔颢（？—754） 王昌龄（698—756） 高适（约700—765） 王维（701—761） 李白（701—762） 杜甫（712—770） 岑参（约715—约769） 张志和（732—774） 韦应物（约737—792） 孟郊（751—814） 韩愈（768—824） 刘禹锡（772—842） 白居易（772—846） 柳宗元（773—819） 李贺（790—816） 杜牧（803—852） 温庭筠（812？—866） 李商隐（约813—约858）
五代十国（907—979）		李璟（916—961） 李煜（937—978）

宋 （960—1279）	北宋（960—1127）	柳永（约987—1053） 范仲淹（989—1052） 晏殊（991—1055） 宋祁（998—1061） 欧阳修（1007—1072） 苏洵（1009—1066） 周敦颐（1017—1073） 司马光（1019—1086） 曾巩（1019—1083） 张载（1020—1077） 王安石（1021—1086） 程颐（1033—1107） 李之仪（1048—约1117） 苏轼（1037—1101） 黄庭坚（1045—1105） 秦观（1049—1100） 晁补之（1053—1110） 周邦彦（1056—1121） 李清照（1084—1155） 陈与义（1090—1139）
	南宋（1127—1279）	岳飞（1103—1142） 陆游（1125—1210） 杨万里（1127—1206） 朱熹（1130—1200） 张孝祥（1132—1170） 陆九渊（1139—1193） 辛弃疾（1140—1207） 姜夔（约1155—1221） 陈亮（1143—1194） 丘处机（1148—1227） 叶绍翁（1194—1269） 文天祥（1236—1283）
元④（1206—1368）		关汉卿（约1234前—约1300） 马致远（约1250—1321以后） 张养浩（1270—1329） 王冕（1287—1359） 萨都剌（约1307—1355？）

明（1368—1644）	宋濂（1310—1381） 刘基（1311—1375） 于谦（1398—1457） 钱鹤滩（1461—1504） 王阳明（1472—1529） 杨慎（1488—1559） 归有光（1507—1571） 汤显祖（1550—1616） 袁宏道（1568—1610） 张岱（1597—约1676） 黄宗羲（1610—1695） 李渔（1611—1680） 顾炎武（1613—1682）
清⑤（1616—1911）	徐灿（约1618—约1698） 纳兰性德（1655—1685） 彭端淑（约1699—约1779） 袁枚（1716—1797） 戴震（1724—1777） 龚自珍（1792—1841） 魏源（1794—1857） 曾国藩（1811—1872） 康有为（1858—1927） 谭嗣同（1865—1898） 梁启超（1873—1929） 秋瑾（1875—1907） 王国维（1877—1927）

说明

① 一般来说，把公元前770—公元前476年划为春秋时期；把公元前475—公元前221年划为战国时期。

② 9年，王莽废汉帝自立，改国号为"新"；23年，王莽"新"朝灭亡，刘玄恢复汉朝国号，建立更始政权；25年，更始政权覆灭。

③ 690年，武则天称帝，改国号为"周"；705年，武则天退位，恢复国号"唐"。

④ 1206年，铁木真建立大蒙古国；1271年，忽必烈定国号为元。

⑤ 1616年，努尔哈赤建立后金；1636年，改国号为清；1644年，明朝灭亡，清军入关。

出版后记

　　"中华古诗文经典诵读工程"于 1998 年由中国青少年发展基金会发起。作为诵读工程指定读本的《中华古诗文读本》于同年出版。二十五年来，"中华古诗文经典诵读工程"影响了数以千万计的读者，《中华古诗文读本》因之风行并被称誉为"小红书"。

　　为继续发挥"小红书"的影响力，方便读者从中汲取中华优秀传统文化的养分，中国青少年发展基金会、中国文化书院、陈越光先生与中国大百科全书出版社决定再版"小红书"，并且同意再版时秉持公益精神，践行社会责任，以有益于中华传统文化普及与中小学生文化素养提高为首要目标。

　　"小红书"已出版二十五年。为给读者更好的阅读体验，在确保核心文本不变的前提下，我们征求并吸取了广大读者的意见，最后根据意见确定了以下再版原则：版本从众，尊重教材；注音读本，规范实用；简注详注，相得益彰；准确诵读，规范引领；科学护眼，方便阅读。可以说，这是一套以中小学生为中心的中国经典古诗文读本。

　　"小红书"以其中国特色、中国风格、中国气派、中国思想而备受读者青睐，使其畅销多年而不衰。三百余篇中国经典古诗文，不仅是中华民族基本思想理念的经典诠释，也是中华儿女道德理念和规范的精彩呈现。前者如革故鼎新、与时俱进的思想，脚踏实地、实事求是的思想，惠民利民、安民富民的思想等；后者如天下兴亡、匹夫有责的担当意识，精忠报国、振兴中华的爱国情怀，崇德向善、见贤思齐的社会风尚等。细细品之，甘之如饴。

四十余年来，中国大百科全书出版社坚守中华文化立场，一心一意为读者出版好书，积极倡导经典阅读。这套倾力打造的《中华古诗文读本》值得中小学生反复诵读，希望大家喜欢。

由于资料及水平所限，书中不妥之处在所难免，敬请读者批评指正，我们将不胜感激！

2023 年 6 月 6 日